AURADON

A P

PREP

Disney

LOS DESCENDIENTES

Mal

Evie

Secretos de

ÁURADON

MANUAL DE UN ESPÍA

CARLOS

Adaptación de Matthew Sinclair Foreman

A READER'S DIGEST COMPANY

White Plains, New York • Montréal, Québec • Bath, United Kingdom

SUMARIO

¡Seguro que yo ocupo dos páginas!
Audrey

Acabo de mirarlo. Solo ocupas una.
Jay

¡Criminales!
Audrey

¡Mira esto!

¡Qué asco!

¡Eh! Pero ¿los nuevos saben leer?

¡Pues claro!

¡Ni hablar! ¡No adelantemos acontecimientos!
Carlos

¿Podemos pasar directamente aquí?
Evie

Bienvenida a los alumnos

Como patrocinadores reales de Auradon Prep, deseamos daros la bienvenida a este curso nuevo y emocionante. Aquí conoceréis a otros alumnos y celebraréis la tradición de excelencia que de tanto orgullo nos llena.

Aunque es posible que este año veamos algunas caras nuevas y poco habituales, os aseguramos que el curso será como todos los demás en Auradon Prep, y que todos alentaremos la virtud y la mejora personal.

Deseamos que este libro os guíe a lo largo de los trimestres que os aguardan y también que escribáis en él vuestras aventuras a medida que os esforcéis por alcanzar vuestro potencial más brillante.

El rey Bestia y la reina Bella

¡Larga vida al mal!

Me gustaría dar una bienvenida especial a los nuevos alumnos, especialmente a los que han venido desde muy lejos para estar aquí. Aunque estas tierras puedan parecer muy distintas a las vuestras, queremos que os sintáis como en casa. Estoy seguro de que nuestros compañeros de clase serán acogedores y tolerantes y que, por complicadas que hayan sido nuestras historias en el pasado, el futuro esté lleno de esperanza.

Príncipe Ben

Sería simpático si no fuera quien es.
M.

BEN

Este es un año muy importante para mí. He soñado con él (y me ha preocupado) desde que era niño. El mes que viene me coronarán rey de Áuradon. ¡A mí también me cuesta creérmelo! Es una responsabilidad enorme y quiero dar las gracias a todos los que me han ayudado a llegar hasta aquí. Espero poder ser el líder que se merecen. Mientras (y siempre, espero), seguiré siendo el Ben que conocen. Trabajemos juntos para que este sea un lugar del que todos podamos disfrutar. ¡Nos vemos en clase!

DUDE

Pasé mucho tiempo rebuscando comida por las granjas de por aquí antes de encontrar el cubo de basura detrás de la cafetería de la escuela. ¡Y llevo en Áuradon desde entonces! Cuando los alumnos me adoptaron como su mascota no oficial, empecé a estudiar también. Ahora sé hacer la croqueta y dar la pata. A los nuevos: sé lo que es pasarlo mal. ¡Todo lo que necesitan es amor!

¡Ya no es tan sosa, gracias a mí! M.

JANE

Aunque mi madre sea un hada (de hecho, es el Hada Madrina), la verdad es que yo tengo los pies bien plantados en el suelo. Nunca recurro a la magia, aunque a veces me gustaría poder hacerlo. Además, tampoco tengo sangre azul como muchos de mis compañeros; pero me esfuerzo mucho en clase y me gusta creer que todos somos iguales si nos esforzamos. Tengo muchas ganas de aprender de los nuevos alumnos.

DOUG

¡Tonto!

Aunque sea el hijo de Mudito, en Áuradon no callo jamás. ¡Estoy en prácticamente todos los clubes de la escuela! Soy el director de la banda, que probablemente sea mi actividad preferida después de (no os lo creeréis)… ¡química! Sí, al igual que mi padre, que era minero, me fascinan los materiales que componen el mundo natural. Estoy impaciente por ver caras nuevas en el laboratorio y si me ven por los pasillos, por favor digan: ¡Hi-Ho!

AUDREY

La gente dice que me parezco mucho a mi madre. Quizá hayas oído hablar de ella: la Bella Durmiente, ¡una de las mujeres más bellas de toda la historia! Supongo que es lógico que esté saliendo con Ben, que será rey el mes que viene. ¿En qué me convertirá eso a mí? En serio, tengo mis propias preocupaciones, como pensar en nuevas porras: soy la primera animadora. ¿He dicho ya que soy la novia de Ben? Ah, para los nuevos, todo el mundo sabe que, como mi madre, necesito mi sueño reparador, así que antes del mediodía no soy precisamente amable, ya saben por qué. ¡Pasen un día estupendísimo!

CHAD

Aunque no me coronen el mes que viene, soy un Príncipe Azul, como mi padre. Mi familia ha gobernado durante tanto tiempo que no me importa que otros tengan la oportunidad de brillar ahora. Mi madre, Cenicienta, creció en la pobreza, así que sé lo importante que es ayudar a los demás. Por lo tanto, si quieres ser mi amigo, tendrás que estar a la altura y aportar tu granito de arena. No te preocupes. Te sentirás mejor persona. Como yo.

LONNIE

Mi madre, Mulán, me enseñó a buscar mi yo verdadero. Así que me encanta probar cosas nuevas: me revelan quién soy. Mis experiencias han hecho que sea consciente de lo afortunada que soy por poder venir a una escuela tan genial. Un enorme agradecimiento a nuestros alumnos invitados por traer sus dones únicos. Estoy segura de que aprenderemos muchísimo los unos de los otros.

Datos y cifras

Cantidad de buenas obras realizadas el año pasado: **2056** (¡récord histórico!)

Número de alumnos de la realeza: **15**

Número de edificios: **22** (sin incluir la mazmorra)

Proporción de profesores, alumnos y hadas: **9:2:1**

Años que han pasado desde el último ataque de dragones: **62**

Tamaño del campus: **7 hectáreas** (incluyendo el foso)

Altura de la torre más alta: **56 metros** (acceso restringido, a no ser que haya que despertar a una princesa encantada)

de Áuradon

Logros destacados

 El año pasado, el equipo de debate ganó a los Halcones con la pregunta «¿Deberíamos conceder más libertad a los habitantes de la Isla de los Perdidos?»

Campeones del torneo en 3 ocasiones los últimos 5 años (¡Vamos, Caballeros!)

Oradores invitados del año pasado

Aladdín

«Consigue que tus deseos se hagan realidad.»

Ariel

«Cómo caminar erguido…
¡aunque antes tuvieras cola!»

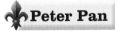 Peter Pan

«Cómo crecer sin perder a tu niño interior.»

Historia de Áuradon

Hace mucho, mucho tiempo, Áuradon era una tierra de misterios y maravillas, donde la magia era algo raro, pero muy potente. Héroes y villanos se enfrentaban sin cesar y los cuentos basados en sus aventuras (Blancanieves huyendo de la Reina Malvada, los Dálmatas escapando de Cruella de Vil, la saga de Maléfica y la Bella Durmiente...) se han narrado durante generaciones.

El rey Bestia, que gobernaba en su rincón del mapa, veía por doquier el peligro que la magia suponía para las personas. En realidad, era algo que podía comprender perfectamente. De joven, había sido muy egoísta y le maldijeron para que viviera como un monstruo terrible hasta que encontrara el amor verdadero y el hechizo se rompiera. A partir de entonces, su sueño fue crear un nuevo país donde la nobleza y la amabilidad fueran el poder más potente de todos.

Bestia se casó con la encantadora reina Bella y unieron las múltiples tierras de leyenda en los Estados Unidos de Áuradon. Junto a la poderosa Hada Madrina, su aliada, Bestia capturó a los villanos que tantos problemas habían causado y los encarceló en la Isla de los Perdidos.

Con la magia apartada a un lado (excepto en las ocasiones más especiales), se emprendió una nueva era de paz y de prosperidad. Áuradon y sus habitantes florecieron, mientras que los villanos se adaptaron a su nueva existencia y fundaron negocios y crearon familias en la isla. La mayoría aceptaron su castigo. Aunque uno nunca puede estar seguro.

La vileza, como la magia, nunca desaparece para siempre.

Historia de la Escuela

La formación de los Estados Unidos de Áuradon necesitaba una nueva academia que modelara la siguiente generación de héroes. Eligieron un antiguo castillo y sus terrenos adyacentes, lo transformaron en un instituto y se organizó todo para dar la bienvenida a la primera promoción. Pero aún faltaba un elemento crucial: alguien que dirigiera la escuela.

Tras alzar la barrera mágica que contenía la Isla de los Perdidos, el Hada Madrina enfundó su varita. Creía que el futuro estaba en el esfuerzo y el estudio de la siguiente generación y se ofreció para dirigir al personal y a los alumnos de la escuela preparatoria Áuradon. El rey Bestia y la reina Bella aceptaron encantados. Y así empezó el primer curso.

Perfil de la directora

El Hada Madrina es la más poderosa de todas las hadas buenas. Desde los tiempos de leyenda, ha hecho todo lo que ha podido para corregir la injusticia en el mundo. Cuando el rey Bestia le pidió que derrotara a los villanos de Áuradon, supo que se trataba de un paso difícil, pero necesario para la paz de todos.

En su función como directora de la escuela preparatoria Áuradon, el Hada Madrina alienta el crecimiento personal y académico de los jóvenes de Áuradon con grandes lecciones que proceden de la sabiduría más antigua. Dedicarse a lo que parece insignificante puede dar resultados extraordinarios. La magia es poderosa, pero el esfuerzo lo es todavía más. Y aunque la gente se equivoca, siempre tiene la capacidad de elegir la amabilidad y la compasión.

Tantas responsabilidades apenas le dejan tiempo para distraerse, pero el Hada Madrina cree que la diversión también es importante. Si tienes suerte, quizá la escuches cantar a capela con el cuarteto femenino Bibbidi-Bop.

Áuradon es un continente construido gracias a la magia y que ahora alberga una próspera sociedad moderna. Aquí, el arte, la ciencia y la tecnología de avanzada conviven con el heroísmo de antaño. Explora el rico paisaje, desde las maravillas naturales del bosque de Sherwood y el cabo de la Desolación, hasta la emoción y la grandeza de Nunca Jamás y el monte Olimpo. ¡Te espera una aventura detrás de cada esquina!

Las épicas torres de Ciudad Áuradon se alzan sobre los acantilados del Puerto de Bella. Más allá, los prósperos centros de Charmington y Notre Dame centellean bajo el sol. Al otro lado de río, se encuentra el lujoso glamour de Camelot Heights, la capital financiera del país.

Al otro lado del agua, frente a Cinderellasberg, y tras la neblina contaminada, se halla la Isla de los Perdidos. La isla alberga una comunidad de villanos y malhechores famosos y está protegida por un potente campo de fuerza que impide que nadie entre o salga... sin permiso del rey Bestia y la reina Bella.

Sí, y delincuentes también. ¡Ja!

Mal

ESTADOS UNIDOS DE ÁURADON

No se preocupen, amigos.
Cuando hayamos terminado,
todo esto será nuestro.
Metafóricamente hablando,
claro está.

Mal

¡Ooooh! Camelot Heights. Me han dicho
que las mejores tiendas están ahí.   Evie

Olvídate. No podemos pagar ni una
botella de agua en esa ciudad.
                              Mal

¡Guau! Mi casa parece muy
pequeña desde aquí.   Jay

Y sucia. Y pasada de moda.
Es como la Edad Media.
                              Evie

¿No podrían instalar wifi, al menos?
                              Carlos

¡Si ni siquiera sabes lo que es!
                              Mal

Claro que sí, es... Espera, que lo pregunto.
                              Carlos

Artefactos del reino

Esas agujas están tan afiladas que dan miedo.
Carlos

El tridente del rey Tritón

¡Podría coser una colcha!
Evie

Origen: El rey Tritón lo heredó de su padre, Poseidón.

Poderes: Dispara rayos de energía mágica, crea tormentas, transforma sirenas en personas.

Información adicional: Los poderes del tridente cambian según los deseos de la persona que lo utilice.

Última ubicación conocida: Expuesto en el Museo de Historia Cultural.

Rueca de hilar

¡Chicos! ¿A que esto no nos interesa?
Mal

Origen: Maléfica hechizó una rueca ordinaria.

Poderes: Puede causar la muerte y/o un sueño eterno.

¡No!
Evie

Información adicional: Antes del hechizo, la usaban para tejer los calzones del Rey.

En absoluto.
Carlos

Última ubicación conocida: Expuesta en el Museo de Historia Cultural.

¡Triple no!
Jay

18

Zapato de cristal

No parecen muy cómodos.
Mal

Origen: Magia del Hada Madrina.
Poderes: El Hada Madrina lo modeló a la perfección y solo le va bien a Cenicienta.
Información adicional: Excelente para bailar.
Última ubicación conocida: Expuesto en el Museo de Historia Cultural.

¡Son de ensueño!
Audrey

¡Qué va! Son un billete directo a Ciudad del Callo.
Carlos

Varita del Hada Madrina

Origen: El Hada Madrina la conjuró.
Poderes: Metamorfosis y hechizos. Puede manipular incluso el tiempo.
Información adicional: Se dice que adquiere poderes adicionales cuando se combina con otros artefactos mágicos. La hipótesis no se ha comprobado.
Última ubicación conocida: Expuesta en el Museo de Historia Cultural.

La vara de Maléfica

Origen: Creada con magia a pàrtir de una rama rota.
Poderes: Lanza maldiciones y relámpagos y conjura espinas.
Información adicional: También conocida como «El ojo del dragón».
Última ubicación conocida: Isla de los Perdidos (nuestro escudo ha desactivado su magia, así que ¡no os preocupéis!).

Parece ideal para jugar a lanzar la pelota con Dude.
carlos

¿Estás loco? ¡Lo freirías! Mal

Vara de serpiente de Jafar

Origen: Jafar la creó con un espíritu atrapado.
Poderes: Hipnosis, telequinesis y conjuros.
Información adicional: Sus poderes hipnóticos son muy potentes, pero no infalibles.
Última ubicación conocida: Aladdín la destruyó, pero se sospecha que la han reconstruido.

¡Podríamos hipnotizar a los profesores para que nos dieran un 10 en los finales! Jay

Créeme, hacer trampas no es lo mejor. Evie

Espejito mágico

Origen: Objeto de controversia, pero su primera usuaria conocida fue la Reina Malvada de Blancanieves.
Poderes: Revela todo tipo de conocimientos a su propietario.
Información adicional: No puede predecir el futuro, así que no le preguntes qué número saldrá mañana en la lotería, pero es genial para encontrar llaves y teléfonos perdidos.
Última ubicación conocida: Se cree que se rompió.

RECORDAR EL MAL

MUSEO DE HISTORIA CULTURAL

En la Galería de los villanos...

RECORDAR EL MAL

MUSEO DE HISTORIA CULTURAL

En la Galería de los villanos

Explora el diverso y fascinante pasado de Áuradon. Aquí, la historia cobra vida (excepto en los casos en que sería demasiado peligroso). La reina Bella es la conservadora del museo y la colección de artefactos revela la faceta más mágica, villana y heroica de Áuradon. La programación actual incluye:

Galería de los héroes

Los héroes y heroínas han acudido al rescate desde procedencias muy diversas. A veces han sido príncipes y princesas, pero otras han sido personas normales nacidas para la grandeza. Y, en raras ocasiones, alguien que creía que era un villano descubre que, en el fondo, se esconde un héroe. Ven a explorar la exposición y descubre si se despierta tu héroe interior. ¡No somos responsables de los actos de valentía posteriores!

Museo de Historia Cultural

Conmemoración al mal

Experimenta la emoción de enfrentarte a los villanos más famosos de Áuradon en persona o, al menos, en estatuas de tamaño real. Cuando te encuentres cara a cara con estos malhechores te preguntarás si tú hubieras tenido el valor necesario para detener sus fechorías. ¿O hay una parte de ti que envidia su poder? Maquetas especiales muestran los horrores que sucederían si volvieran a ser libres. No te preocupes. Los malvados auténticos están atrapados bajo el escudo protector de la Isla de los Perdidos, así que esta exposición es cien por cien segura.

Maléfica

Jafar

Reina Malvada

Cruella de Vil

Mapa de la planta baja

⬛ Colección permanente
⬛ Exposición especial

Ⓐ Estás aquí

- Galería naval
- Galería de las hadas
- Galería de los villanos
- Las coronas de Áuradon
- Sala de las espadas
- Reliquias mágicas
- Galería de las varitas del Hada Madrina
- Sala de las cuevas
- Sala de los pergaminos
- Sala de las banderas
- Galería de las armaduras encantadas

Señales de la exhibición

Galería de las espadas

Galería de las hadas

Las coronas de Áuradon

Reliquias mágicas

Galería de Reyes y Reinas

Este museo está dedicado a la gloriosa y tumultuosa historia del Reino de Áuradon, a sus habitantes y a todas las figuras, buenas y malvadas, que han modelado nuestra civilización.

Estas galerías son un regalo del rey Bestia y la reina Bella a los habitantes de Áuradon. Disfrutadlas, con la seguridad de que nuestro reino está a salvo de los terrores del pasado.

Filosofía de Áuradon

Misión

Ayudar a los niños y niñas
de hoy a convertirse en los héroes
y heroínas del mañana.

Frases célebres del campus

«Leer la historia de otros es bueno. Escribir la tuya es aún mejor.»
Horacio, el bibliotecario

«Ser increíble es más difícil de lo que parece, pero aun así os aconsejo a todos que lo intentéis.»
Chad, alumno

«En el fondo de cada bribón hay un destello de un corazón de oro.»
Judy, orientadora

«Puedes llevar a una sirena a tierra firme, pero tendrá que aprender a caminar sola.»
Abigail, profesora de biología

«No importa quiénes sean tus padres, siempre que sean bellos y famosos.»
Audrey, alumna

«Si no lo intentamos, no cambiamos. Y si no cambiamos, no crecemos.»
Lonnie, alumna

«La vida es como un torneo. A veces es dura, pero es entonces cuando encuentras tu inspiración.»
Entrenador Jenkins

«Aprender es un proceso de descubrimiento, en el que el mayor misterio es uno mismo.»
Margaret, profesora de filosofía

«¡Guau, grrr, guau!» Traducción: «¡Vamos, Caballeros!»
Dude, el perro

Linaje real

La historia viva de Áuradon recorre nuestros pasillos a diario. La escuela preparatoria está llena de los herederos de reyes, reinas, hadas, enanitos y magos ilustres. Fíjate en estos árboles genealógicos para saber quién es quién.

Reina Bella — Rey Bestia

Hada Madrina

Ben

Jane

Fa Mulán — Li Shang

Mudito

Lonnie

Doug

A Mal y su pandilla:
Sentimos no haberos incluido
aquí. Pensaron que era demasiado
arriesgado, ya que técnicamente
no sois de Áuradon. Quizá algún día.
¡Eso espero!
    Ben

Reina Aurora — **Rey Felipe**

¡Porque somos villanos
temibles, habrás
querido decir!
    Mal

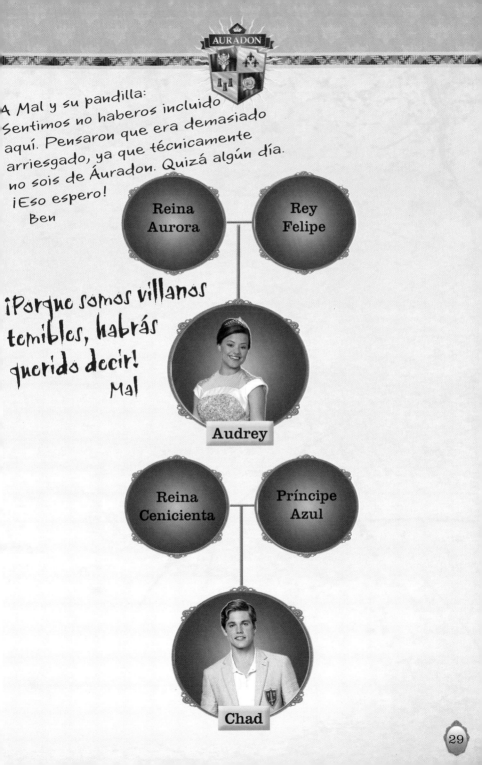

Audrey

Reina Cenicienta — **Príncipe Azul**

Chad

Lemas

Bella Durmiente

«Si sueñas algo más de una vez,
se hará realidad.»

Bella

«La belleza está en el interior.»

Mulán

«Sigue a tu corazón
y el espejo te mostrará
un reflejo verdadero.»

Cenicienta

«Un sueño es un deseo
de tu corazón.»

Hada Madrina

«La fe hace milagros.»

Mudito

«La mejor canción
es la que todos pueden cantar.»

Avenida de los Héroes

Los fundadores de Áuradon recorrieron este mismo camino para celebrar la creación del nuevo país. Ahora, es la ruta que todos los alumnos emprenden para entrar en la escuela. Recórrela las veces que sean necesarias para encontrar la inspiración y convertirte en un héroe tú también.

Estatua del rey Bestia

Esta obra única de arte encantado se transforma de animal temible a humano noble. Es un mensaje del rey Bestia: todos podemos crecer y cambiar. NOTA: Se pide a los alumnos que no asusten a los demás escondiéndose tras la estatua y rugiendo.

Centro académico Arquímedes y biblioteca para alumnos

Este centro académico y biblioteca está dedicado a todos los habitantes de Áuradon, para alentar el crecimiento y la prosperidad futuros de este gran país.

La biblioteca Arquímedes

Es un lugar silencioso para estudiar (¡no se permiten hechizos!) y alberga una colección enorme de textos antiguos, como *Derrotar a hadas malvadas* o *Cómo ser una auténtica princesa*, además de éxitos actuales como *Manual para comprar espadas mágicas* y *Amor sin pociones: ¿Existe?*

Laboratorios de ciencia

Nuestras modernísimas instalaciones de investigación están dedicadas al gran mago cuyo lema era «Más vale cerebro que músculo». Aquí estudiamos los mayores misterios de la vida y hemos hecho descubrimientos que han puesto lo imposible a nuestro alcance.

Campo de torneo

¡Practica como los profesionales en nuestro campo regulado! El césped cien por cien nativo de Áuradon ofrece la tracción perfecta para correr por las pistas. Contamos con los últimos cañones Titan 3000, con 100 lanzamientos por minuto. ¡Ponte los tacos!

Catedral

Es el lugar de origen de nuestro bello país, donde todas las tierras se unificaron con la primera coronación. Está adornada con vitrales de colores que plasman nuestra historia y es tan espaciosa que podría albergar un dragón... en teoría, claro.

Dormitorios

Los dormitorios de la escuela preparatoria Áuradon te hacen sentir que vives en un palacio, ¡literalmente! Transformaron los aposentos reales en habitaciones sencillas y dobles, ideales para príncipes, princesas y todos sus amigos.

Las habitaciones están decoradas con alfombras y cortinas y modernos equipos de cine en casa. Las computadoras tienen la conexión a internet más rápida de Áuradon, por lo que son ideales para jugar en línea. Pero ¡asegúrate de haber hecho los deberes antes!

Torneo

Originalmente, el torneo era un ejercicio de entrenamiento y un deporte de Reyes; apareció durante la rebelión contra Maléfica y su alianza de villanos. Cada equipo intenta evitar los disparos de un par de cañones terribles (los Reapers) a medida que avanzan hacia el otro lado del campo (la Zona de la Muerte), para superar la defensa del otro equipo y meter la pelota en la red.

Mensaje de Chad, el jugador más valioso

Como el mejor jugador de torneo, solo puedo decir que es un juego para hombres. ¿Crees que estás preparado? Ven a probarlo. Y aunque no consigas entrar en el equipo, estaré encantado de darte algunos consejos. Esfuérzate y algún día serás un caballero de los Fighting Knights (quizá).

La vida del alumno

El rincón del entrenador Jenkins

Muy bien, príncipes. Vais a necesitar valor, habilidad atlética e incluso acrobacias si queréis ganar en este deporte. ¿La buena noticia? Es un deporte de equipo, así que no tenéis que ser buenos en todo. Centraros en vuestro talento y encontraréis vuestro sitio. Estudiad estas estrategias famosas para ver dónde podríais encajar mejor.

Excálibur: El equipo forma una línea de gran alcance que barre el campo como una hoja gigante y despedaza la defensa del otro equipo.

Subirse a la alfombra mágica: Los jugadores construyen una plataforma humana y llevan al capitán en volandas hasta la red enemiga.

El escudo de la virtud: Jugada defensiva en la que el equipo forma un muro sólido e impenetrable mientras canta el himno de la escuela.

Hasta el infinito y más allá: Formación avanzada en la que los jugadores parecen volar por el campo (en realidad, solo caen con estilo).

Animadoras

Lema ganador del concurso de animadoras

Por Audrey (primera animadora)

Fighting Knights,
son lo máximo
(¿En serio?)
Somos lo M-E-J-O-R
¡Los machacaremos, no es un misterio!

**Mensaje de Audrey,
la primera animadora**

¡Hola! Ya tenemos el mejor equipo de animadoras de todo el continente, pero no dejes que eso te impida intentarlo. Pregúntate: ¿Tengo una actitud positiva, una habilidad atlética natural, un sentido del ritmo innato y una voz perfecta? ¿Y dice la gente que tienes un no sé qué especial que no pueden describir con palabras? Si has respondido con un «sí» entusiasta a TODAS las preguntas, quizá tengas lo que hace falta para entrar en el equipo.

La banda

Mensaje de Doug,
el director de la banda

Estar en la banda es más
que tocar un instrumento.
Es crear música bella y
maravillosa que represente a
Áuradon Prep. Somos la mejor
banda y más grande de la zona, en
parte porque aceptamos a todo el
que esté interesado. Así que si sabes
chasquear los dedos, seguir el ritmo
con el pie o incluso canturrear
desafinando y quieres unirte a
nosotros, ¡ven a vernos!

Estribillo del himno
de la escuela

Áuradon venció a los
dragones de antaño.
Somos héroes,
de azul y oro cantamos.

K
N
I
G
H
T
S

Acontecimientos anuales

Un abanico de actividades en las que podéis participar durante el año

Esto debería llamarse «Día en el que encerramos a toda la gente chévere en la Isla de los Perdidos».

		Mal
		Día de la Unificación
Escuela cerrada por la Convención de hadas		
¡Prometo que este año mi volcán entrará en erupción! Doug	Concurso de canto anual	Día festivo en honor del rey Bestia
Feria de ciencias		

¡POR fin! ¡Ha llegado mi oportunidad de cantar «Let it go» fuera de la ducha!
Lonnie

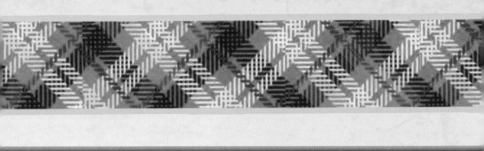

¿Algún papel para la protagonista
más súper-mega-maravillosa?
Estaré en mi vestidor.   Audrey

Audiciones para la obra de teatro de la escuela	¿No hay concursos de videojuegos? Hay espacio justo aquí. ¡Vamos, gente! Carlos		
Día del espíritu		Día de las Familias	
Festival de héroes y heroínas		Baile anual de los Knights	Jane
um. Aquí que voy. Jay	Finales de arquería	Final de la liga de torneo	Una ocasión ideal para probar maravillosos VIDEOJUEGOS! Evie
Concurso de hip-hop		Coronación	

Cuando tu madre es la directora, cada día es el Día de las Familias...

Fiesta en mi habitación cuando me hayan proclamado jugador más valioso. No hay sitios para los isleños. ¡Lo siento! Chad

¿Tan pronto? ¡Ay!   Ben

41

Horario de clases

Bloque A: Química
Bloque B: Normas de seguridad para internet
Bloque C: Gramática
Bloque D: Historia de Áuradon

Bloque E: Ciencias forestales mágicas
Bloque F: Historia de los leñadores y los piratas
Bloque G: Matemáticas
Bloque H: Introducción a la bondad curativa

Lunes	Martes	Miércoles	Jueves	Viernes
Sala común 8:00 - 9:00	Bloque E 8:00 - 9:00	Bloque B 8:00 - 9:00	Bloque optativo 8:00 - 9:00	Bloque D 8:00 - 9:00
Bloque A 9:00 - 10:00	Bloque F 9:00 - 10:00	Bloque C 9:00 - 10:00	Bloque G 9:00 - 10:00	Bloque optativo 9:00 - 10:00
Bloque B 10:00 - 11:00	Bloque G 10:00 - 11:00	Bloque optativo 10:00 - 11:00	Bloque H 10:00 - 11:00	Bloque E 10:00 - 11:00
Bloque optativo 11:00 - 12:00	Bloque H 11:00 - 12:00	Bloque D 11:00 - 12:00	Bloque A 11:00 - 12:00	Bloque F 11:00 - 12:00
Almuerzo	Almuerzo	Almuerzo	Almuerzo	Almuerzo
Bloque C 13:00 - 14:00	Bloque optativo 13:00 - 14:00	Bloque E 13:00 - 14:00	Bloque B 13:00 - 14:00	Bloque G 13:00 - 14:00
Bloque D 14:00 - 15:00	Bloque A 14:00 - 15:00	Bloque F 14:00 - 15:00	Bloque C 14:00 - 15:00	Bloque H 14:00 - 15:00

Programación de la campana

8:00 - 9:00 • 1ª clase	12:00 - 13:00 • Almuerzo
9:00 - 10:00 • 2ª clase	13:00 - 14:00 • 5ª clase
10:00 - 11:00 • 3ª clase	14:00 - 15:00 • 6ª clase

Ejemplo de horario de clases

Introducción a la bondad curativa

Esta asignatura especial se ha diseñado para guiar a algunos alumnos nuevos que, quizá, durante su niñez no recibieron principios morales sólidos. Gracias a la extraordinaria y célebre maestra, el Hada Madrina, la asignatura promete ser una experiencia educativa transformadora. Aprende:

- Que un ramo de flores es un regalo mucho mejor que hechizar a alguien para que duerma eternamente.
- Que los abrazos no son para apuñalar al otro por la espalda.
- Que hacer el mal debilita el sistema inmunológico y puede provocar gases intestinales.

Hadas malas

Diferenciar entre un hada buena y un hada mala puede ser más complicado de lo que cabe suponer. Pero ¡será fácil una vez hayas superado esta asignatura! El programa incluye:

- Entender a las hadas malas. Empatizar con estas criaturas incomprendidas.
- Encuentros con hadas malas. Cómo mostrar respeto, sobre todo si se sienten inseguras por su diminuto tamaño.
- Si las cosas se ponen feas, protegerse de un espíritu enfadado con objetos cotidianos.

Ciencias forestales mágicas

Aprende los nombres de todos los árboles antiguos, sus poderes y la compleja pronunciación de su lenguaje (CONSEJO: meterte una corteza de árbol en la boca facilita las cosas). El contenido adicional incluye:

- Apretón de manos de raíz. La fuerza adecuada puede marcar la diferencia entre un saludo efectivo y un insulto imperdonable.
- Setas mágicas. Algunas te dan poderes especiales, otras te hacen dormir durante cien años... o más.
- ¡Cultiva tu propio Groot, en una maceta, en clase!

Historia de Áuradon

¿Qué fue primero, la Rebelión o el golpe de estado de Maléfica? ¿Quiénes fueron el primer rey y reina de Áuradon y quién será el siguiente? ¿Cuál es nuestro plato nacional y quién lo cocinó por primera vez? Descubre las respuestas a estas preguntas tan importantes en una asignatura fundamental para todos los ciudadanos de Áuradon.

Química

Desde la desaparición de la magia, los descubrimientos científicos han avanzado a la velocidad de la luz. Esta asignatura profundiza en la estructura de la materia, para descubrir las maneras tan maravillosas en que se comporta. No volverás a ver el mundo que te rodea (ni a ti mismo) de la misma manera.

Anatomía de los dragones

Descubre el complejo mundo interno de los dragones, incluyendo las bolsas de fuego y otros órganos vulnerables. Tu mente se inundará de datos poco conocidos, por ejemplo cómo localizar el esternón de un dragón o cuántas personas hacen falta para romper uno (PISTA: más de diez). Aprende también los cuidados básicos para ayudar a dragones enfermos a curarse de un resfriado. Créenos: podría salvarte la vida.

El muro anual de Áuradon

Querida directora
no temas ahora
sigue sonriendo
a todas horas

Queridos alumnos, propagad la alegría en esta página. No esperéis. ¡Relacionaos!
No hay pensamientos o comentarios demasiado dulces o atrevidos. Abrid vuestros corazones y dejad que las palabras fluyan.

Hada Madrina

¡QUÉ ABURRIDO.

¿Qué hago aquí?

¡Chad es lo peor MÁXIMO!

¿Buenos? ¿Malos?

Querido entrenador:

¡Llevaba un protector dental!
Jay

Como madre, me preocupa la brutalidad de los nuevos jugadores de torneo; sobre todo del que creo que se llama Jay (me cuesta entender los gruñidos con que se comunican los nuevos jugadores).

Parece que alguien necesita atención.
Mal

Está corriendo la voz de que ese «Jay» es más alto y más fuerte que Ben. Es totalmente absurdo. Y también se dice que tiene la intensidad de un campeón nato. Otra mentira. Es cierto que Bennyboo a veces parece algo despistado, pero solo le pasa cuando está con su novia, Audrey. ¡Es maravillosa!

¡Qué malotes!
Evie

¿Es posible que Bennyboo esté perdiendo el interés por ella? No le ha pedido que vaya con él de picnic al lago. Quizá esté intimidado. ¿Y quién podría culparlo? En cuanto lo hayan coronado, empezará a ver las cosas al mismo nivel que ella.

Pero ¿acaso ha estado interesado alguna vez?
A mí me suena a matrimonio concertado. *Mal*

No soy una alumna, solo una madre preocupada por el equipo de torneo.
¡Vamos,
Fighting Knights!

Atentamente,
la señora M. Adre

¡Picnic schmicnic! Pero... yo solo he visto lagos por la tele, ¡y la señal era muy mala! *Mal*

Comité de moral y ética del campus
Comunicado de seguridad pública

Deseamos llamar la atención de todos sobre ciertas conductas verdaderamente inaceptables que se han observado en la clase de química, perpetradas por una de las nuevas alumnas procedentes de la Isla de los Perdidos: Evie. ¡Nada más y nada menos que las trampas más deleznables!

El crimen:
El uso de un espejo mágico para averiguar el peso molecular de la plata. ¡Como si ella supiera ni siquiera lo que es la plata!

Deseábamos que se hiciera justicia rápidamente, pero la triste verdad es que el señor Delay ha sido excesivamente indulgente. Se ha limitado a amenazar a Evie con expulsarla. En parte, debemos culpar a su amigo/admirador/cómplice, Doug. Seamos claros: no procede de una familia de listos.

Recomendamos que se considere a Evie culpable hasta que se demuestre lo contrario. Aunque, a ver, ¿tiene sentido celebrar un juicio? Ahorremos los recursos de la escuela y enviémosla derecha a su isla. Y, ya que estamos, podríamos hacer lo mismo con su amiga robanovios, Mal.

Gracias por su tiempo,
CMEC

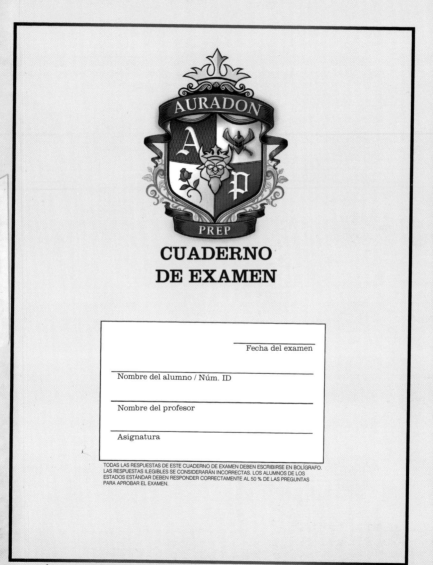

AURADON
A P
PREP

CUADERNO
DE EXAMEN

Fecha del examen

Nombre del alumno / Núm. ID

Nombre del profesor

Asignatura

TODAS LAS RESPUESTAS DE ESTE CUADERNO DE EXAMEN DEBEN ESCRIBIRSE EN BOLÍGRAFO.
LAS RESPUESTAS ILEGIBLES SE CONSIDERARÁN INCORRECTAS. LOS ALUMNOS DE LOS
ESTADOS ESTÁNDAR DEBEN RESPONDER CORRECTAMENTE AL 50 % DE LAS PREGUNTAS
PARA APROBAR EL EXAMEN.

Querida Evie:

Hubo un tiempo en el que pensabas que necesitabas el espejo para tener éxito. Algo así como llevar las rueditas de entrenamiento mágicas más profundas y oscuras. Ha llegado la hora de quitártelas, chica. ¡En serio! Eres lo bastante inteligente para llevar la bici tú sola.

¡Manos a la obra!

Con cariño,
E.

¡Vaya! Pensaba que me preocuparía que te escribieras cartas a ti misma, pero me has dejado impresionada con tu actitud positiva.

¡Ánimo, Evie!

Mal

Examen de la teoría de la unidad atómica

Apartado A. Examen tipo test (10 puntos)

1. ¿Qué elemento contiene un orbital 2p completo en su cubierta de valencia?
   a) Ar   b) K   c) Mg   d) Ne   e) Sr

2. ¿A qué grupo de la tabla periódica pertenece el francio?
   a) Bloque s   b) Bloque p   c) Bloque d   d) Bloque f   e) Bloque n

3. ¿Cuál es el número total de electrones en el orbital 3s de un ion de magnesio?
   a) 0   b) 1   c) 2   d) 3   e) 4

4. Identifica el elemento dado por la configuración de electrones condensada $[Ar]4s^2 3d^{10} 4p^5$?
   a) Cl   b) Zn   c) Br   d) Cd   e) Kr

5. ¿Cuántas estructuras de resonancia tendría el compuesto O_3 (ozono)?
   a) 1   b) 2   c) 3   d) 4   e) 5

6. ¿Qué es la afinidad electrónica?
   a) La energía necesaria para retirar completamente un electrón de un átomo gaseoso en su estado fundamental.
   b) El cambio en la energía que ocurre cuando se añade un electrón a un átomo gaseoso.
   c) El tamaño de los suborbitales atómicos donde se hallan los electrones.
   d) La longitud de onda electromagnética asociada a un electrón (p. ej. luz visible, rayos UVA, rayos X).
   e) La energía necesaria para formar un compuesto nuevo usando electrones de valencia.

7. La región del espacio donde hay una probabilidad elevada de encontrar un electrón es la definición de:
   a) Orbital   b) Fotón
   c) Espectro de absorción   d) Dipolo
   e) Cuanto

8. ¿Cuál es el número correspondiente de neutrones, protones y electrones para el isótopo yodo-131?
   a) 53N, 53P$^+$, 53e$^-$ b) 53N, 127P$^+$, 53e$^-$ c) 131N, 127P$^+$, 53e-
   d) 78N, 53P$^+$, 53e$^-$ e) 74N, 53P$^+$, 53e$^-$

9. Ordena los siguientes átomos en orden creciente de radio atómico: Cl, F, Na, Li
   a) Li<F<Na<Cl   b) Na<Li<Cl<F   c) F<Cl<Li<Na   d) F<Cl<Na<Li

10. La mejor manera de describir la electronegatividad es:
    a) La facilidad con que un átomo está dispuesto a aceptar un electrón.
    b) La capacidad de un electrón para atraer a otro mediante un enlace covalente.
    c) La energía necesaria para retirar el electrón con el enlace más débil de la cubierta de valencia.
    d) La distancia media del núcleo a la cubierta de valencia.

Diario d

¡Una conspiración que p

Por Audrey

Aunque pueda parecer que Áuradon está pasando por una transformación positiva para ser más «moderna» y «chévere», lo cierto es que vamos de cabeza a un apocalipsis cultural.

Lo que algunos llaman «innovador» es una ofensa a nuestros valores más profundos, un ataque a nuestra escuela, nuestro país y nuestro mundo.

No pongan en peligro su reputación participando en estos supuestos actos de estilo. ¡Estarán conspirando con demonios!

¿Se imaginana a Cenicienta con un flequillo asimétrico? ¿O a Blancanieves con mechas lilas? ¿Para qué mejorar la perfección? ¿Qué sería de nuestro mundo si cada uno utilizara su imagen para expresarse?

¡Sería el caos!

Áuradon

¡...e los pelos de punta!

Es cierto que los instigadores de esta revolución han crecido en un lugar emocionante que te mantiene al borde de la silla, donde todo vale. Y, a veces, eso puede producir una nueva imagen.

Y, a veces, esa imagen te llama la atención y es como si una corriente eléctrica te recorriera y, de repente, crees que eres libre de hacer cualquier cosa. Pero seamos claros: ese momento se desvanece rápidamente, como debe ser. Al fin y al cabo, esto es Áuradon.

¡Señoras, debemos ser fuertes! Debemos reprimirnos. Debemos respetar la tradición. Aunque parezca que el peinado es un detalle menor, es muchísimo más. Es un símbolo. ¡Un símbolo que está sufriendo un ataque! Es hora de que devolvamos a esta pérfida al lugar de donde vino. ¿Quién me apoya?

Antes

Después

Oye, Jane, para mí ya eres perfecta.
Todos lo somos, a nuestra manera. Lo que
pasa es que a veces cuesta verlo. Sé que suena
cursi, pero te lo digo de corazón. ¡Un abrazo!

Lonnie

Pero ¡si necesitas un microscopio para ver la
diferencia! Jane, te entiendo. La vida aquí es difícil.

Mal

Mira, mi padre solo tiene tres castillos. Y uno
no podemos disfrutarlo porque las alfombras
apestan. Así que deja de quejarte, ¿vale?

Chad

Yo solo tengo una alfombra. Y apesta desde el primer día.
Me encantaría pasar unos días en tu castillo vacío, Chad.
¿Quién se apunta? ¿Jane? ¡Nos lo pasaremos en grande,
como en la Isla de los Perdidos!

Jay

¡Me apunto! ¿Puedo traer a Dude?
¡Prometo darle un baño antes!

Carlos

¡Ni hablar! ¡Mi castillo
no se alquila!

Chad

Pues tus padres deberían pensarlo seriamente.
Serían unos ingresos pasivos geniales.

Doug

No creo que
necesite el dinero.

Jay

Chicos... ¿volvemos con Jane? Chica,
has dado en el clavo. Hablando de
expectativas poco realistas, ven a
mi habitación siempre que necesites
desahogarte.

Evie

Diario d

¡Chad sigue siendo el mejor!

Un recordatorio real

Anónimo

Imagínense un mundo donde la gente perteneciera a la realeza: reyes, reinas, príncipes, princesas… ¡Sería terrible! Nadie sabría cuál es su lugar ni en quién fijarse como ejemplo. ¡Todos serían iguales! ¡Menudo aburrimiento!

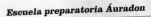

(Continúa de la página anterior)

¡Chad sigue siendo el mejor!

Habrá quien piense que
es más chévere, o incluso
mejor, solo por ser jugador
de torneo (¡qué locura!).
Muy pronto descubrirán
que deben abrir la mente
y aceptar el lugar que les
corresponde en el sistema.
Así que cuando venga
a pedirles ayuda con
los deberes, aprovechen
la oportunidad que les
brindo para encajar y para
contribuir. Es lo que hago
yo, al ser líder. Vamos,
no me culpen por tener
razón o ser encantador.
¡Es algo hereditario!

¡Flash de moda! Por Lonnie

Hay una nueva experta en moda en Áuradon, ¡y es una de nuestras alumnas!

Hay quien dice que por venir de donde viene y por ser la hija de la Reina Malvada, Evie tiene menos que ofrecer que quienes hemos nacido aquí. Pero a ver quién sigue pensando lo mismo cuando haya visto algunos de sus modelos.

Es cierto que son looks poco habituales. Pero yo creo que son un soplo de aire fresco. La creatividad suele ser sorprendente. ¡Por eso es creativa! Estoy orgullosa de pertenecer a una escuela que alberga a alumnos con tanto talento, aunque sus padres intentaran esclavizarnos a todos en el pasado.

¡Evie no quiere hacer eso!

¿No se supone que venimos a Áuradon para encontrar nuestra excelencia interior? Pues mirar los conjuntos de Evie debería llenarnos del espíritu de la escuela. Les aseguro que a mí sí me llena.

Diario d

El Cupido del campus

Los alumnos apenas pueden concentrarse en sus estudios. Todo el mundo intenta ponerse al día del notición del año: ¡El príncipe Ben está saliendo con la recién llegada Mal, de la Isla de los Perdidos!

«Es la chica más asombrosa que haya conocido jamás», ha declarado el príncipe, con ojos soñadores. «¿He mencionado ya que estamos enamorados?»

Hablar del tema con Mal ha sido mucho más difícil. Hemos intentado entrevistarla a la puerta de la clase de introducción a la bondad curativa, pero nos ha dicho que le dolía una muela. Luego hemos llamado a la puerta de su habitación, pero su compañera nos ha dicho que estaba en la ducha. Por fin hemos podido acorralarla en la cafetería.

«Sí, bueno, Ben no está mal», ha declarado mientras dibujaba «No es feísimo, supongo.»

> ### Querida Mal:
>
> De este príncipe la amada sin igual. Mi corazón te entrego, sin ti me desespero. ¡Amooooorrrr!
>
> P.D.: ¡Te quiero!

Al oír su nombre, Ben ha empezado a saltar de mesa en mesa (y a lanzar papas fritas por los aires) y a cantar otra balada de amor. Mal se ha puesto verde, ha dicho que la comida le había sentado mal y ha salido corriendo.

Audrey, la exnovia de Ben, está muy preocupada por su estado mental.

«Seguro que se ha dado un golpe en la cabeza o algo así», ha afirmado antes de añadir: «Espero que no le rompa el corazoncito a Bennyboo con sus salvajes modales isleños, o no sé lo que haré... lo que le haría a ella. ¡Tacha esto último!»

¿Verdadero amor o desastre romántico en ciernes? ¡El tiempo lo dirá!

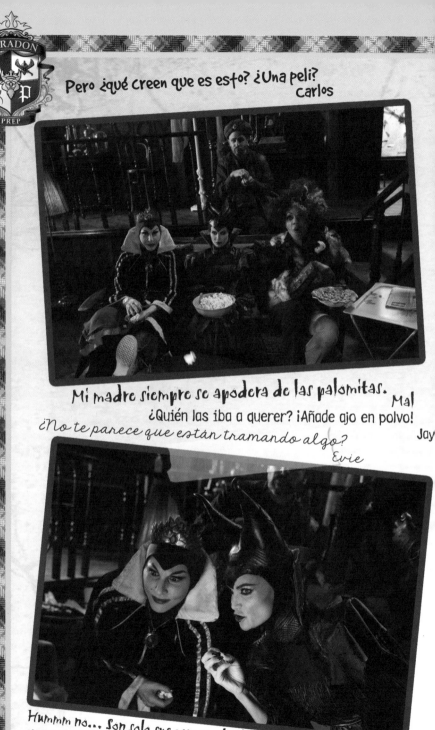

Pero ¿qué creen que es esto? ¿Una peli?
Carlos

Mi madre siempre se apodera de las palomitas.
Mal

¿Quién las iba a querer? ¡Añade ajo en polvo!
Jay

¿No te parece que están tramando algo?
Evie

Hummm no... Son solo sus caras malvadas en reposo.
Mal

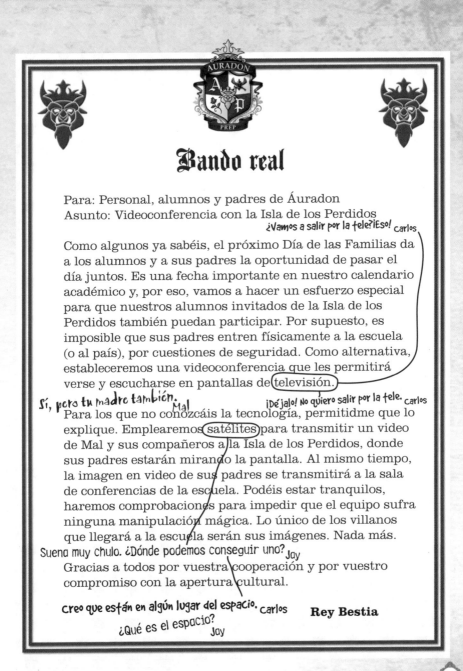

Bando real

Para: Personal, alumnos y padres de Áuradon
Asunto: Videoconferencia con la Isla de los Perdidos

¿Vamos a salir por la tele?¡Eso! Carlos

Como algunos ya sabéis, el próximo Día de las Familias da a los alumnos y a sus padres la oportunidad de pasar el día juntos. Es una fecha importante en nuestro calendario académico y, por eso, vamos a hacer un esfuerzo especial para que nuestros alumnos invitados de la Isla de los Perdidos también puedan participar. Por supuesto, es imposible que sus padres entren físicamente a la escuela (o al país), por cuestiones de seguridad. Como alternativa, estableceremos una videoconferencia que les permitirá verse y escucharse en pantallas de televisión.

Sí, pero tu madre también. Mal

¡Déjalo! No quiero salir por la tele. Carlos

Para los que no conozcáis la tecnología, permitidme que lo explique. Emplearemos satélites para transmitir un video de Mal y sus compañeros a la Isla de los Perdidos, donde sus padres estarán mirando la pantalla. Al mismo tiempo, la imagen en video de sus padres se transmitirá a la sala de conferencias de la escuela. Podéis estar tranquilos, haremos comprobaciones para impedir que el equipo sufra ninguna manipulación mágica. Lo único de los villanos que llegará a la escuela serán sus imágenes. Nada más.

Suena muy chulo. ¿Dónde podemos conseguir uno? Jay

Gracias a todos por vuestra cooperación y por vuestro compromiso con la apertura cultural.

Creo que están en algún lugar del espacio. Carlos

¿Qué es el espacio? Jay

Rey Bestia

Detalles de la próxima Coronación

**En ocasión de la Coronación
de su majestad el rey Benjamín**

Por orden del rey Bestia y la reina Bella

Todos estáis invitados a la Catedral el quinto
día de octubre a las cinco de la tarde

Cena y baile de celebración después
de la ceremonia

Instrucciones especiales
Código de vestimenta: regiamente fabuloso*
Asientos: véase diagrama
Nota: se ruega que se informe por adelantado
de cualquier alergia alimentaria.

*No se recomiendan las espadas ceremoniales.

*De hecho, desde aquí aún podré ver
mejor lo que pasa.   Audrey*

¡Por supuesto que vas a tener buena vista de lo que pasa!

Ma

Plano de la planta de la Catedral

Mira por dónde. Estaré en primera fila y en los asientos centrales.

Mal

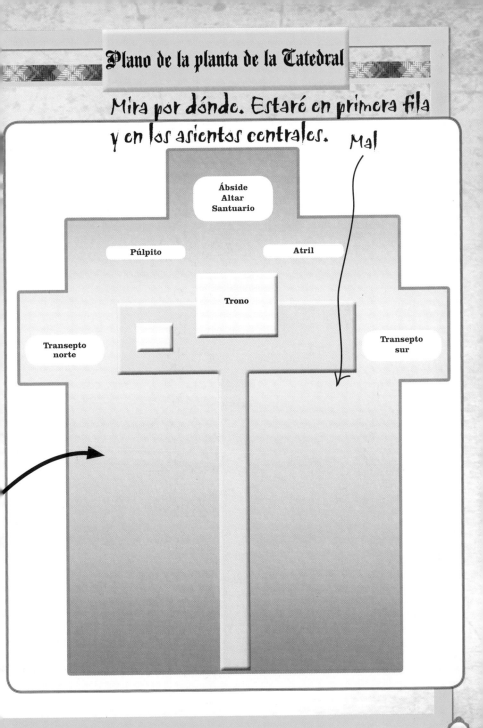

Ábside
Altar
Santuario

Púlpito

Atril

Trono

Transepto norte

Transepto sur

Instantáneas del campus

Instantáneas del campus

El Día de las Familias

Programa de la Coronación

¿Preparados para ver esa varita mágica?
¡A las 3:30 en punto, chicos!
Mal

¡Sí, señora!
Evie

¡Yo ya estoy ahí!
Jay

Ah, así que eso es lo que quiere decir «y media».
Carlos

No se preocupen por la hora.
Les haré una señal con la mano.
Mal

¿Una señal para qué?
Audrey

Para quedarnos... impresionados.
Mal

La alfombra roja

¡Eso sí que es un color ideal! Mal nos ha dejado atónitos a todos con este vestido largo. El corpiño de encaje decorado con cuentas tiene un sutil dibujo de cola de dragón (¡Muy atrevido!) y un cuello en abanico muy regio. ¿Una reina en ciernes? Mal da el mérito rápidamente a su amiga *fashionista*: «¡Es un genio!». Aunque no estemos de acuerdo con muchas cosas de la Isla de los Perdidos, a esta afirmación respondemos con un «¡sí!» rotundo.

¿Hay un rey en la casa? A juzgar por los modales de Ben, el futuro de Áuradon está en muy buenas manos. Si podemos guiarnos por su atuendo, predecimos que el estilo de todo el mundo va a mejorar por real decreto. Ya, parece un traje de coronación con un corte espectacular, como todos, pero si miráis de cerca, veréis lo inspirados que son los detalles y la gran diferencia que marcan. Este traje y el amigo real que lo lleva, están aquí para quedarse.

de la Coronación

Por muy malvada que sea tu madre, si es una reina, tú eres una princesa. Especialmente cuando estás tan fabulosa. Este es el fenómeno de la moda de esta noche, con una falda asimétrica con varias capas de gasa texturizada y un corpiño con frunces y cuello bordado de oro. Si añadimos tacones dorados y una capa para completar el efecto (¡buena idea!), las villanas de cuentos de hadas se hacen con la pasarela. ¡Nos encanta!

Hay chicos a los que les sienta bien arreglarse. Y a otros les sienta genial. Y Jay es uno de los segundos. Ha cambiado su ropa de grafitero manchada de pintura por esta americana de piel granate. Está tan guapo que es posible que el Príncipe Azul se ponga nervioso. ¡Sin duda, otro éxito de Evie!

¿Puedes decir Rica Herencia Cultural? Esperamos que sí, porque Lonnie nos ha deslumbrado con su inspirada versión del kimono clásico. Este moderno vestido, que pasa con elegancia del rosa melocotón al rosa oscuro, le queda genial. La sobrecapa rosa cereza añade un toque de verdadera clase. Acabado con pendientes de jade y un bonito brazalete geométrico de color melocotón, este conjunto es a la vez histórico y actual.

Con su vestido formal color azul pastel, Jane demuestra que se puede ser tierna y estar a la moda. Los volantes y el lazo que la caracteriza son infantiles por un lado y elegantes por el otro. ¡Y esa diadema brillante! ¡Un complemento ideal! Con delicados pendientes de corazón y glamourosos zapatos de tacón dorados, esta chica es un 10 sobre 10.

de la Coronación (Continuación)

Chad ha recurrido al álbum de fotos familiar y su atuendo para la coronación es un eco de la elegancia de su padre. Este traje azul cielo, cortado a la perfección y sin reparar en gastos, parece tener detalles de oro de verdad. ¡Asombroso! Esperamos que lleve ropa interior larga, por si alguien decide robarle la chaqueta y los pantalones. En serio, es un príncipe de la cabeza a los pies y ha contribuido a hacer de esta una verdadera ocasión real.

Audrey siempre pone el listón bien alto cuando se trata de ropa formal clásica. Este vestido rosa con lentejuelas demuestra, una vez más, que es la hija de la Bella Durmiente y que es digna continuadora de la tradición. Consejo: la próxima vez, atrévete con algo más osado, del álbum de Evie. Actualizará tu estilo, pero te mantendrá fiel a tus raíces. ¿Qué dices, Audrey, te animas?

Seguridad del campus real

Informe oficial

Entrada núm.	Fecha	Hora
012578	5 de octubre	4:45

Incidentes/acontecimientos registrados: disturbios durante la coronación

En este día y hora, recibimos una llamada de una alumna de Áuradon, Audrey, que nos informó de la aparición de la conocida malhechora Maléfica en la coronación del príncipe Benjamín.

Un disparo accidental de la varita del Hada Madrina mientras estaba en posesión de la también alumna Jane provocó la desactivación temporal del campo de energía que rodea la Isla de los Perdidos. Al parecer, Maléfica aprovechó la oportunidad para escapar.

Parece ser que la intención de la sospechosa era robar la mencionada varita, combinar el poder de la misma con el de su propia vara y, así, tomar el control de Áuradon. Por supuesto, esto habría supuesto el fin de nuestras libertades civiles y,

probablemente, se habría instaurado una dictadura. El derecho a golosinas también se habría revocado, con toda seguridad.

Maléfica se encontró con la inesperada resistencia de su hija, Mal, también alumna de Áuradon. La sospechosa respondió transformándose en un dragón gigante (véase caso #7/1Z33B), con la intención de achicharrar a todo el mundo.

Mal y sus amigos, Evie, Jay y Carlos, desbarataron los planes de la sospechosa con un contrahechizo que la redujo al tamaño del amor que alberga en su corazón. La sospechosa pasó de ser un dragón gigante escupefuego a convertirse en una iguana.

La seguridad del campus entregó la iguana a las autoridades competentes, junto a una jaula, una correa para pasearla, comida y una lámpara térmica.

Una celebración de cuento de hadas

Audrey, hueles a flores... mis preferidas.

Jay

!No es cierto!

Carlos

¡Cállate, Carlos! Jay

¡Gracias, Jay!

Audrey

¡Pareces una princesa de verdad! Evie

¡No se lo digas a nadie, pero creo que estoy
espectacular!   Mal

Te lo has ganado :)
Evie

¡Ay! ¡Qué romántico!
Lonnie

Una celebración de cuento de hadas

Este es el movimiento con el que suelo alejar a los chicos. Audrey

Si lo haces demasiadas veces, necesitarás un masaje en los hombros. Jay *¿Es un ofrecimiento?* Audrey

¿Dónde has aprendido a bailar así?
Evie

Mi padre... se mueve muy bien.
Doug

¿Mudito? Pero se subirá a los hombros
de alguien, ¿no?   Evie

¿Cómo crees que me enseñó?
Doug

Siento haber hecho que tu madre se escapara.
Casi echo a perder la fiesta, y está siendo genial.

Jane

¡No te preocupes! ¡Seguro que no nos
lo hubiéramos pasado tan bien!   Mal

Evaluación de final de curso

La bola de cristal de Áuradon

QUIÉN TIENE MÁS PROBABILIDADES DE...

Asistir a una primera cita: *Jane*

Tener éxito: *Audrey*

Viajar por el mundo: *Lonnie*

Convertirse en jugador de torneo profesional: *Jay*

Adoptar una mascota: *Carlos*

Decretar un baile real anual:
Ben

Exponer en una galería de arte:
Mal

Ser coronada como la más bella de todas:
Evie

Estudiar más el próximo año:
Chad

Recibir un traje nuevo de Evie:
Doug

Queridos compañeros:

Ha sido un curso muy emocionante. Empecé pensando que lo único que hacía falta para cambiar las cosas a mejor era tener grandes ideas, pero ahora sé que es mucho más complicado. También hay que atreverse a vivir aventuras y no tener miedo a nada, algo que entiendo mejor desde que conocí a nuestros amigos de la Isla de los Perdidos. Me gustaría darles las gracias (y a todos los demás). No podría estar más orgulloso de nosotros. Saber que cuento con gente tan extraordinaria me hace sentir que estoy preparado para intentar ser rey. ¡Deséenme suerte!

Su amigo,
Ben

Hola, Ben:

Parece que al final no soy tan malvada como pensaba, ¿eh? Gracias por haber creído en mí y por haberme enseñado a mirar en mi corazón. Lo que veo me gusta más de lo que jamás hubiera creído posible. Empiezo mi historia de nuevo y no podría estar más contenta.

Un abrazo,
Mal

P.D: ¡serás un rey genial!

P. P. D.: A quien encuentre este cuaderno. Nos ha parecido una historia demasiado buena como para quedárnosla solo para nosotros. ¡Esperamos que te haya gustado! Hemos dejado unas cuantas páginas en blanco… por si quieres empezar tu propia historia. Todo vale… siempre que te salga del corazón.